KB209799

# 범고래 씨 인터뷰

# 범고래 씨 인터뷰

이대일 동시집 • 다나 그림

창비

| 차례 |

제1부 까진 무릎은 공사 중

## 제2부 여름 방학이 바닥으로 툭

## 제3부 기다리고 있던 딸기

제1부

# 까진 무릎은 공사 중

# 심장 소리

온종일
혼자 있던
우리 집
505호

마침내
학교에서 돌아온 내가 안기면

아파트는
심장이
쿵쾅쿵쾅 쿵쾅쿵쾅 뛴다

405호는 부러울 거다

# 별

조각배 같은
내 연필 한 자루

깜깜한 밤바다 같은
시험지 위를 항해한다

어느 순간
가득 찬 어둠을 뚫고

반짝반짝
온 힘을 다해
용감하게 떠오른
별 하나

내가 아는 문제
하나

# 아빠 충전

먼저, 요일을 토요일과 일요일로 맞춰

다음, 아빠 작동 버튼을 오프(off)로 하고

손에 리모컨을 쥐여 줘

그리고 소파에 눕힌 다음

온종일 텔레비전을 보여 주는 거야

또

드르렁드르렁

낮잠 재우는 거 잊지 말고

# 중력

07시 00분
침대 행성의 중력은 보통의 배가 된다

감긴 두 눈이 떠지지를 않고
행성에 달라붙은 내 몸도 떨어지지 않는다

07시 05분
로켓처럼 중력을 무찌르며
가까스로 탈출을 시도한다

성공하려는 순간
나는 그만, 다시 아래로 곤두박질친다
중력 탈출 속도는 다시 제로

5분, 딱 5분만 더

위성처럼

행성 주위를 공전하던

엄마가 최고로 가까워진다

중력은 최대가 되고

행성에는 화산 폭발과 지진이 일어난다

## 상처 딱지

까진 무릎에
'공사 중'
팻말이 나붙었다

안에서 뭘 하는지
들여다보고 싶다

간질간질간질
근질근질근질

# 점심시간과 나

나는 지금
교실 뒤편
학급 게시판에 붙어 있는
식단표를 보고 있어

네가 열두 시에 온다면

나는
1교시부터
행복해지기 시작할 거야

2교시가 끝날 때쯤이면
오늘의 반찬
갈비찜!
달큰한 냄새가 나기 시작하겠지
나는 더욱더 안절부절못할 거야

4교시가 되면
나는 네가 너무너무 보고 싶어져!
내 배도 꼬르륵꼬르륵 아우성치고 있어
또 내 심장은 콩닥콩닥
바닥을 치며 춤을 추고 있고
이런 행복이야말로 얼마나 소중한지 몰라

• 앙투안 드 생텍쥐페리의 소설 『어린 왕자』에 나오는 '어린 왕자'와
'여우'의 대화를 패러디했다.

# 민들레 가문

매서운 겨울 추위에도
뿌리 내리고 살아남는 강인함

가장자리에서 안쪽으로
순서 지키며 꽃 피우는 예의

꿀벌 꽃등에 배추흰나비 꽃무지
가리지 않고 베푸는 자비

장아찌와 김치 같은 음식이 되고
감기약, 배탈약도 되는 쓸모

어디든 망설이지 않고
멀리까지 날아가 보는 모험심

이 모든 걸 갖춰야

민 씨 가문의 자손이다

오늘 체육 시간, 축구할 때
자책골 넣었다고 나를 구박한
민 동 우

민들레 민 씨는 절대 아닐 거다!

# 점자

안내판
엘리베이터 단추
화장실
도서관 입구에

등 내밀어 주는
징검돌들이
놓여 있습니다

그 위를
조심스레
손가락들이 건너갑니다

엘리베이터로
도서관으로
화장실로

건네준
징검돌들이

어깨를
으쓱으쓱합니다

# 수학 괴물

수학은
또 따라왔다
학년이 바뀌었는데도

방과 후에도 집에 못 가게
괴롭힌다

콱!
깨물어 버릴까?

# 1학년

운동장 조회하는 날

교장 선생님 훈화하시는데

맨 앞에 서 있던 채민이가

담임 선생님한테 묻는 말

"떤땡니임, 뎌 하라버디 누구떼요?"

# 바이러스

담임 선생님한테
걸리면

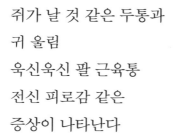

쥐가 날 것 같은 두통과
귀 울림
욱신욱신 팔 근육통
전신 피로감 같은
증상이 나타난다

안 걸리려면

수업 시간에 떠들지 않기
친구 괴롭히지 않기
복도에서 뛰지 않기
1인 1역 빠트리지 않기를
잘 실천해야 한다

해마다 변이를 일으켜
백신도 소용없다

## 슬리퍼는 슬퍼

쓰레기봉투 속에
버려져 있는
내 슬리퍼 두 짝

그
가슴에
새겨진

내
발자국 두 개

아직도
나를 잊지 못하고 있다

# 문장 부호

책 위로
글자들이 뜻을 싣고 달려간다

. , ! ? " " ' ' ……

글자 교통 표지판들이
곳곳에 서서 신호를 보낸다

길을 잘못 들거나
배달 사고도 내지 않고

뜻을 정확하게 잘 전달한다

# 파이($\pi$)

세상에서 꼬리가 제일 긴 숫자
글쎄,
지금도 계속 꼬리가 자라고 있대요

3.14159265358979323846……

제2부

# 여름 방학이 바닥으로 툭

# 빈칸

한울이가 전학을 갔다
한울이가 앉았던 자리는 이제
빈자리!

교과서나 문제지에 등장해서
알맞은 낱말이나 숫자를 채우라고 하는
네모난 빈칸 같은 자리!

나는
날마다 그 네모난 빈칸에 들어갈
알맞은 말들을 채우는 중이다

공부방에서 문제지를 빨리 풀기 위해 선생님 몰
래 한울이와 답을 공유했던 일
　비 오는 날 학교에서 우산으로 요새를 만들고 그
안에서 비를 피하며 놀았던 일

학원 차를 기다리며 놀이터에서 놀다가 차를 놓
쳐 엄마에게 혼난 일
미현이 책상에 '네가 전학을 가서 좋다.'라고 낙
서했다가 글씨를 알아채고
우리를 잡으러 온 미현이를 피해 도망쳤던 일……

다른 아이들과 선생님은
채우지 못하는
네모난 빈칸

# 매미 소리

여름 한낮
불볕더위 속에서

소나기처럼 쏟아지는
햇살을 맞으며

샤워하는
매미들의 소리

양 날개로
온몸을 비비면서

앗 뜨거워
앗 뜨거워

# 요가

마, 머, 모, 무, 므, 미
나, 너, 노, 누, 느, 니
사, 서, 소, 수, 스, 시
가, 거, 고, 구, 그, 기
아, 어, 오, 우, 으, 이

혀와 입술이,

늘이고, 굽히고, 꺾고,
말아 올리고, 둥글게 구부리며

요가를 합니다

# 여름 방학 만들기

38일의 날들을
하루도 남김없이 몽땅 쏟아붓자

달콤한 자유 시간을
뭉텅뭉텅 썰어 넣자

마시멜로처럼 말랑말랑한
늦잠 자는 시간도 깔아 주자

사이사이
입에서 톡톡 터지는 사탕 같은
물놀이 시간 넣는 것도 잊지 말자

새콤달콤 젤리 같은
게임 시간도 뿌려 주면 더 좋겠지?

히히, 또 뭐가 빠졌을까?

"뭐 하고 있니?
빨리 학원 안 가고!"

여름 방학이
바닥으로
툭!
떨어져 버렸다

# 책

이른 새벽이면, 할머니는 늘 글자가 빼곡히 씌어 있는 텃밭을 펼치고는, 호미를 들고 탁탁탁 탁탁탁 소리 내며 한 장 한 장 읽습니다. 잡초를 뽑아내고, 해로운 벌레들 쫓아낼 약을 뿌리고, 퇴비와 비료를 주고, 곁가지를 따 주고, 물을 주며 어려운 문장들을 한 줄 한 줄 정성껏 읽어 나갑니다. 한 해 동안 계속 먹을 부추, 머위, 취나물은 크고 굵게 쓰인 글자들처럼 여러 번 읽습니다. 심지도 않은 방풍나물, 미나리, 토마토, 참외를 볼 때면 새로운 것들을 발견했다고 기뻐하기도 합니다. 작물들이 새순을 돋우며 쑥쑥 커 나가는 장면을 읽으며, 잔잔한 감동에 젖어, 그냥 미소만 짓던 할머니는 지우개 같은 흰 눈이 내릴 때에야 비로소 책 읽기를 멈춥니다. 새봄에는 또 어떤 글을 읽을까 기대하면서…… 마술 같은 책의 재미에 빠져 읽고 또 읽고 다시 읽었던 책을, 할머니를 꿈꾸게 하고 탐험을 떠나게 했던 그

책을, 이제는 엄마와 내가 물려받았습니다.

## 볼펜

쓱쓱 싹싹
싹싹 쓱쓱

공책 위를
산책하다가

똥!
또 똥!
또 또 똥!

영역 표시하며 간다

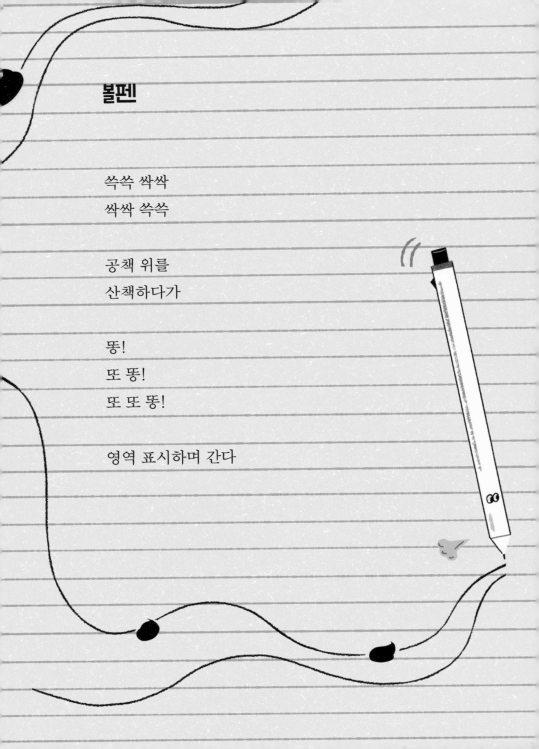

# 밥

우리 학교 분리수거장에서
할머니가 기역 자로 허리 숙여
해 지난 교과서와 이면지, 종이 상자를 줍습니다

이윽고 이웃 중학교로
또 신바람 마트로, 시장으로, 어린이 공원으로
마을버스처럼 돕니다

맨날 그 밥에 그 반찬인
식은 저녁밥 먹는
일 같은데

대충대충 먹지도 않고
정성스레 먹습니다
하루도 빼먹지 않고
한 번도 남기지 않고

# 마지막 먼지

미화원으로 일하는
경미 아주머니
관청 건물에
높은 분 오신다고

먼지 하나 안 보이게
쓸고, 닦고, 씻고
힘들여 청소를 마치자

안 보이는 데
가 있으라 한다

아주머니는
간식을 받아 들고
계단 밑 휴게실로 숨어든다

## 안녕! 외계인

발로 냄새를 맡는 나비

눈이 열두 개인 송충이

귀가 배에 달린 메뚜기

눈에 털이 나 있는 꿀벌

심장이 열 개인 지렁이

거기다

삼백육십 도로 머리가 돌아가는 사마귀

너희들

어느 행성에서 왔니?

지구에는 무슨 볼일로 왔니?

# 전기공 아저씨

오늘은 송전탑이
진찰받는 날

전기공 아저씨
작업복에 목장갑만 끼고
아찔한 높이의 송전탑을
거침없이 오른다

무시무시한 전류가 흐르는
전선 위를 오가며

물 호스로 먼지를 씻어 내고
껍질이 벗겨진 전선을 치료하고
전기가 잘 흐르나 검전기도 대어 보고
까치집도 조심조심 옮기며
진찰한다

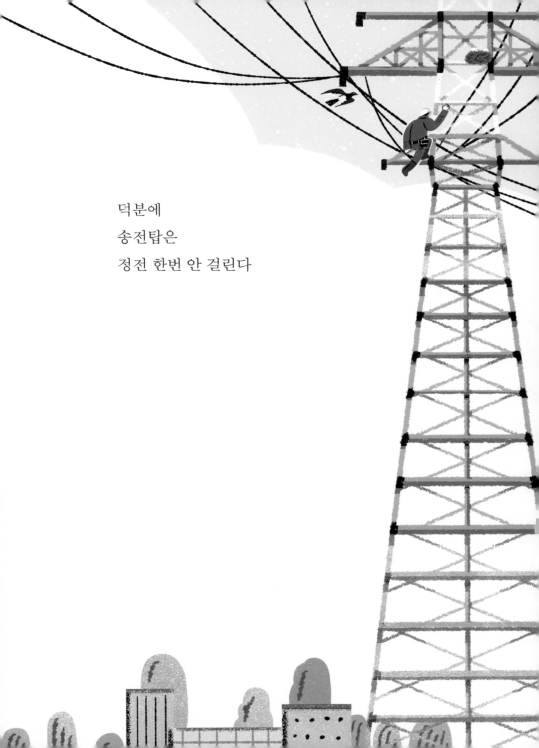

덕분에
송전탑은
정전 한번 안 걸린다

# 우리 집 감나무

저기 텃밭 한 모퉁이에

조용히 멈추어 서서

아무 하는 일도 없이

그냥 길고 지루한 시간을

보내고 있는 것 같던

우리 집 감나무!

늦가을의 어느 날

문득,

같은 동네에 사는

까치와 참새, 동박새를 부릅니다

"어서 와, 밥 먹자."

# 자동차

설 연휴 마지막 날
서울로 향하는 고속도로 위에서는
서로 붙어 떨어질 줄 모르는
고체가 되었다가

느릿느릿 가다 서다 하는
출퇴근길에는
액체가 되고

깊은 밤 한적한 도로에서는
연기처럼 날아다니다 사라지는
기체가 되는

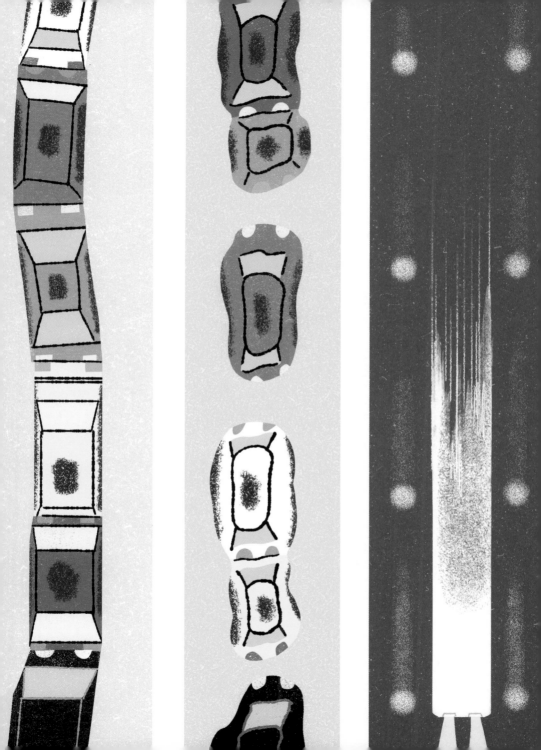

# 사춘기 방정식

나의 몸과 마음을
모르는 수 □와 △로 만든
혼합 계산식 같은 문제를
엄마 아빠에게 낸다

보물찾기하는 것처럼
방정식이 참이 되게 하는
모르는 수를 구하기 위해
엄마 아빠의 머리와 가슴은
매번 끙끙끙 뜨거운데

매 순간 바뀌는
모르는 수들은
더 어렵고 복잡한
문제들을 만들어 낸다

# 작심삼일

연필이 제 살을 깎으며

심의 날을
날카롭게 세운다

교과서 위로, 공책 위로, 문제지 위로, 도화지 위
로 또 책상 위까지
바쁘게 바쁘게 돌아다닌다

하루 이틀 사흘……
심이
점점 뭉툭해진다

다시
제 살을 깎아 내며
심을 세운다

**제3부**

# 기다리고 있던 딸기

# 딸기 생크림 케이크 교향곡

우유      달걀      딸기
설탕      버터      허브 잎사귀
생크림    설탕      박력분


저마다 서로 다른 맛을 내는 재료들이
모둠별로 자리를 잡았습니다


공연이 시작되자
엄마의 손끝을 따라


우유, 설탕, 생크림이 함께 어울리며
달콤한 맛을 내기 시작합니다


반죽의 양을 조절하는
정확하고 신중한 지휘에
빵의 고소한 향이 주방 가득 울려 퍼지고

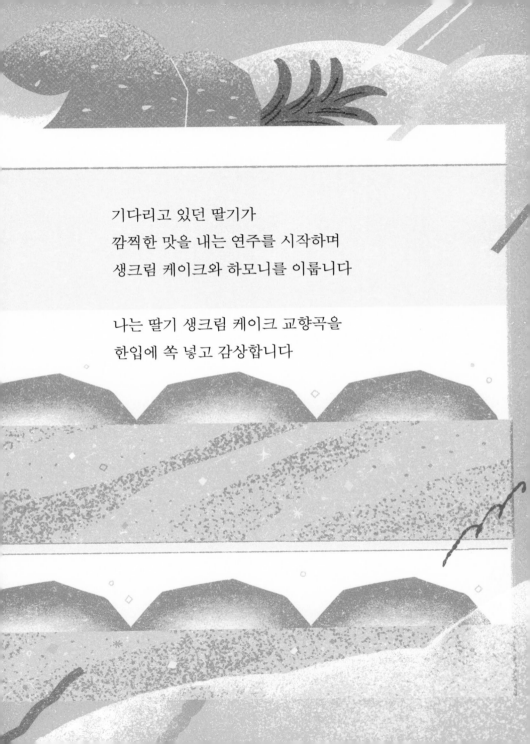

기다리고 있던 딸기가
깜찍한 맛을 내는 연주를 시작하며
생크림 케이크와 하모니를 이룹니다

나는 딸기 생크림 케이크 교향곡을
한입에 쏙 넣고 감상합니다

# 배추흰나비 애벌레

내 책상 서랍 속
고장 난 핸드폰에 깔려 있는
게임 같은

고치 속에서

배추흰나비 애벌레는
칠 일 동안, 밤낮없이,
먹지도, 마시지도 않고

전설의 아이템
날개를 얻기 위해
마지막 단계를 깨뜨리는 중

## 피사의 사탑

너 계속 짝다리 짚을래?
똑바로 안 서?

무슨 소리야?
몇백 년에 걸쳐 터득한 나만의 개인기야!
다른 애들은 아무도 못 해!

# 나누어떨어지지 않는 수

오늘부터
아빠는 같이 살지 않는다

아무렇지 않은 척했다

엄마랑 같이 살아야 할까?
아빠를 따라가야 할까?

아빠는 잘 못 챙겨 줄 것 같고
엄마랑 살면 매일 잔소리를 들어야 할 것 같다

나는 엄마로도, 아빠로도
나누어떨어지지 않는 수 같다

# 모기

든 자리는 몰라도

난 자리는 안다

## 박쥐 아저씨께

아저씨!

똥은 어떻게 누세요?

설마

그렇게 누시는 건 아니죠?

# 뱃멀미

참치와 갈치, 밴댕이와 고등어

우리는 모두 다

배 타는 건 딱 질색이다

낚시꾼 아저씨!
제발
우리를 배에 태우지 좀 마세요

우리는
뱃멀미가 심하단 말이에요!

# 사향고양이

좁은 철창 속에 갇혀
매일매일
커피콩만 먹으며
곰곰이 생각해

빛도 들지 않는 동굴 속에서
백 일 동안이나 쑥과 마늘만 먹었다는
단군 신화 속의 그 곰을 말이야

'난 사람 같은 건 되고 싶지 않은데⋯⋯.'

## 안녕, 축구공

집으로 돌아가는 길에
만난 축구공

저 혼자서
학교 운동장에
우두커니 웅크리고 있다

같이 놀아 줄 사람이 없어
늘 저 혼자 있는
이웃집 마당 개 짱아 같다

나처럼
공부 시간은 싫고
쉬는 시간, 점심시간만 좋아할 것 같은
축구공에게

내일 만나자며
이제 그만
집으로 돌아가서 쉬라고
골대 안으로 밀어 넣어 주었다

# 비글 메이

엄마도 아빠도 없이
복제 개로 태어나서

오 년 동안은
공항에서 마약을 탐지하는 일을 하고

은퇴한 뒤에는
독성 약물을 몸에 맞는
실험용 개로 일을 했지

평생 일만 하고 살아
간식이 뭔지
산책이 뭔지
가족이 뭔지도 모르는
메이는

오늘도
주삿바늘을 제 몸에 꽂는
연구원들을 보고

헬리콥터처럼
꼬리를 흔들어

# 바지락

바닷속
파도 아래
비밀의 세계에서

나비처럼
팔랑거리며
물속을
날아다니던
비행접시가

어부에게 납치되어
시장을 거쳐
우리 집 대야에서
해감<sup>•</sup>을 뱉어 내는 중이다

혀처럼 생긴

외계인이
비행접시의 문을 열고 나와
스멀거리며
주위를 탐사한다

• 해감: 바닷물에서 흙이나 풀 따위가 썩어
　　　생기는 찌꺼기.

# 범고래 씨 인터뷰

오늘은 해상 동물원에서
범고래 씨를 만나
인터뷰를 했어요

— 어디에 사시나요?

저는 좁은 수조에서 살아요
여기서 일도 하고요
잠은 물탱크 속에서 자요

— 네? 수조에 사신다고요? 일을 하신다고요?

네,
매일 오전 아홉 시에 시작해서
한 시간씩 여덟 번
늘 정해진 일을 똑같이 반복해요

—어떤 일을 하시는데요?

하이 점프와 스핀 점프 각 열 번
옆 지느러미로 물을 쳐서 관객석으로 물 뿌려 주
기 여섯 번
물구나무서서 꼬리 물 밖으로 내밀어 인사하기
열 번
조련사를 따라 물속에서 춤추기 등을 하죠

—그에 맞는 대가는 받나요?

조금 부족하다 싶을 만큼의
죽은 물고기를 받죠
그게 전부예요
단, 일할 때만

또 모든 동작에 성공했을 때만이죠


— 네…… 그러시군요
끝으로, 하시고 싶은 말씀이 있나요?


글쎄요
아 참! 어느 날 한 꼬마가 저를 보고는
"와! 범고래다." 하더라고요


범고래?
그게 뭐죠?

# 강아지

외모나 학력, 재산을 보고 주인을 선택하지 않고, 모든 사람을 편견 없이 대하며

값비싼 사료나 옷을 찾기보다는 사람과 함께 시간을 더 보내는 일에 기뻐하고

사람과 함께 살면서 겪게 되는 감정 노동에도 지치지 않으며

저마다 주어진 재능으로 폭발물, 마약 탐지, 인명 구조, 시각 장애인 안내 등 맡겨지는 모든 일에 헌신하고 사람을 돕고 지키며

혼자 사시는 할아버지나 할머니, 외톨이 장애 어린이 곁으로 가는 것도 마다하지 않고

혹, 자기를 학대하고 버릴지라도 그들을 저버리
지 않고 끝까지 사랑하는

# 젓가락

축구장 같은
식탁 위를 휘젓고 다니며

반찬들을
집고, 떼고, 찍고, 자르는
가지가지 개인기를 부리다
입속으로 폭풍 드리블을 한다

슈우우우우웃

김치 골, 달걀말이 골, 불고기 골, 햄 골……
내가 좋아하는 골 맛을 다 본다

제4부

# 늦가을 정류장

# 음반

빙글빙글빙글
회전 식탁이 돌아간다

군만두, 자연산 송이 수프,
양장피, 탕수육, 짜장면이 돈다

숟가락과 젓가락을 올리면
음식들 속에 저장되어 있던
맛있는 음악들이 흘러나온다

아삭아삭, 와작와작
오독오독, 참참참참
후루룩, 꿀꺽, 꿀떡
ㄲㅇㅇㅇㅇ윽

# 가을 자동차

단풍잎들이

비처럼 끝없이 내리는데

작은 차 한 대가

우산도 없이 내리는 단풍잎을 맞고 있어

가을로 온통 물들었어

늘 태우고 달리기만 하던 자동차가

지금은 가을을 타고 달리고 있어

# 버스

이른 봄, 공원에 텅 빈 단풍나무가 멈춰 서 있어요. 새순들을 태우고 달리기 위해 나무를 살피고 손질하는 일로 한창이에요. 새싹들이 하나둘씩 오르기 시작해요. "승객 여러분, 안녕하십니까? 이 나무는 봄, 여름을 지나 가을까지 가는 나무입니다. 목적지까지 편안하고 안전하게 가실 수 있도록 최선을 다하겠습니다. 달리는 중에 참새, 멧비둘기, 박새, 직박구리가 타면 빈 가지를 양보하는 친절도 베풀어 주시면 고맙겠습니다." 미세 먼지를 통과하고 여름을 지나 나무는 태풍 구간을 지나는가 봐요.

잎새와 꽃, 열매 들에게 안전을 위해 가지를 꼭 잡아 달라는 방송이 나오네요. 장마철을 지날 땐 요금도 내지 않고 몰래 차에 오른 매미나방, 미국선녀벌레, 알락하늘소가 들통나서 살충제로 대가를 치렀어요. 어느덧 도착지가 가까워지는 것 같아요. "안내 말씀드립니다. 이번 정류장은 종점인 늦가을, 늦

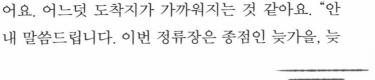

가을 정류장입니다. 내리실 문은 아래쪽입니다. 올해도 우리 나무를 이용해 주셔서 대단히 감사합니다. 안녕히 가십시오." 어느새, 한껏 멋을 낸 잎새들이 차례차례 내려요. 길에는 나무를 배웅하는 잎들로 가득해요. 나무는 다시 새싹들이 기다리는 겨울 정류장으로 돌아갈 거예요.

# 나비

엄마는
곧, 나비가 된대요

엄마는 스스로 실을 낼 수 없어
장례 지도사 아주머니 아저씨 두 분이
도와주고 있어요

아빠와 친척들과 함께
기도하며 지켜보고 있어요

고치 속으로 완전히 들어갔어요

한밤, 두 밤, 세 밤…… 지나면

하느님이 주신 하늘하늘한 날개옷을 입고
아무도 깨어나지 않은 새벽에

살며시 하늘나라로 날아간대요

엄마, 잘 가
안녕
아빠는 내가 잘 지킬게…….

# 안마

소나기가 온다

신발장 속에서
힘들게 쪼그리고 앉아 있던

낡은 우산을
꺼내 들고 얼른 뛰어나간다

두두두툭툭두두툭 투둑툭툭툭툭

"어이구, 어이구, 시원타
옳지, 옳지,
거…… 거기, 거기
소나기가 효자여, 효자!"

우리 할아버지처럼

흐뭇해하는
우산의 말소리가 들린다

툭
툭
툭
툭
툭
툭
뚝뚝
뚝
툭
툭
뚝뚝뚝

## 정글

조심해! 야옹
여기는
높이를 알 수 없는
키 큰 건물과 아파트 들로
빽빽하게 둘러싸인
무시무시 정글

물리면 곧바로 죽을 수 있는
무서운 자동차들이 으르렁거리고
천적인 인간들이 어슬렁거리는 곳

배가 고프고 목이 타도
길거리의 음식과 물을
함부로 먹으면 안 돼
독이 되는 것도 있거든

우거진 건물들 때문에
여전히 방향을 알 수 없어
과연 이곳에서 길을 찾아 나갈 수 있을까?

우물쭈물하고 있을 수는 없어
날이 지기 전에
서둘러 잘 곳을 마련해야 해

고양이 행성으로 떠난 엄마가 보고 싶어
얼굴은 잘 기억나지 않지만
따스하고 너른 엄마 품속이 생각나

# 교통안전 교육

잘 들어!

아스팔트는

고라니, 다람쥐, 길고양이, 개구리, 두꺼비, 뱀, 비
둘기

가리지 않고 다 잘 먹어

이빨 같은 자동차로 막 깨물어도 먹고

검고 구불구불한 혀로 천천히 녹여도 먹지

그러니까

길을 가다가 만나면

무조건 돌아서 가! 알겠지?

·

# 열여덟 어른

배추흰나비 애벌레가
밥도 먹고
똥도 싸고
잠도 자고
놀기도 하는
배추 이파리 같은
고시원에서
살았던

우주 삼촌은
보육원에서 갓 나온 열여덟 어른*

알을 깨고 세상 밖으로 나온
애벌레처럼
참고 또 참으며
나비가 되어 날아오를 그날을

기다렸다

하지만
지금 나는

나비가 되고 싶어 하던
우주 삼촌을
그리워하고 있다

• '아름다운재단'에서 자립 준비 청소년의 홀로서기를 돕기 위해 벌인
캠페인의 이름을 인용함.

# 자동 풀

나는
바랭이*

물도 주어지지 않고
낫으로 베이고
사람에게, 자동차에 밟혀도

스스로
자라고 열매 맺는
자동 풀

사람이
심어 주고
물도 주고
비료도 줘야
열매 맺는

오이는
수동 풀

나는
수동 풀이 하나도 안 부럽다

• 우리나라의 대표적인 잡초. 7~8월에 꽃이 피고 10월에 열매가 익
는다.

# M87 블랙홀에게

　지구는 그 어떤 별보다도 맛있어! 물론 넌 나랑 다를 수도 있겠지. 금성이나 화성을 더 좋아할 수 도 있을 거야. 하지만 나는 별 중에 지구가 최고라고 생각해! 네가 있는 세상에서는 경험해 보지 못한 온갖 맛이 다 담겼거든.

　오싹오싹 시린 맛을 느껴 보고 싶지 않니? 알래스카를 추천해. 카리브해 허리케인과 함께 맛보면 맛이 더 풍부해질 거야. 화끈화끈 뜨거운 맛을 원한다면 아프리카가 딱이지. 화산의 나라 아이슬란드를 곁들여 먹으면 입안에서 와르르 터지는 사탕 같은 맛을 느낄 수 있을걸. 혹시 채소도 좋아하니? 그렇다면 아마존 우림이지! 결코 실망하지 않을 거야. 참, 이집트 같은 사막 지역은 그냥 먹으면 퍽퍽하니까 에르타 알레 화산의 용암 호수에 적셔서 먹어 봐. 뜨거운 맛과 매운맛이 동시에 느껴져 퍽퍽함이 사라질 거야.

지구는 정말 하나도 버릴 데가 없지? 네가 있는
은하에서는 어느 별이 최고니?

우리 은하 블랙홀 쓩

# 친구

초원은 사슴들을 위해 싹을 틔워 어린 풀을 낸다

어린 풀은 늑대를 위해 사슴들을 먹여 살린다

사슴은 초원을 생각하며 풀을 솎아 먹는다

늑대는 풀을 생각하며 사슴들을 물어 채 간다

초원과 풀과 사슴과 늑대는 모두 모두 친구

서로를 함께 돌보지

그들은 모두 서로가 꼭 필요해

# 자벌레

나방이 되어
텃밭을
떠나기 전
지도를 그린다

강아지나 고양이처럼
오줌이나 똥으로 대충대충 표시해서 그리지 않고
한 뼘 한 뼘, 온몸으로 걸으며
그린다

감나무, 영산홍 꽃밭, 상추와 오이와 호박밭
자신이 태어나고 자란 곳
이곳에서 보낸 행복한 순간들을
하나하나
조그마한 몸에 담는다

# 눈사람

눈도 코도 입도 흐릿해져 가고
이젠 서 있지도 못해요

봄이 오고 있나 봐요
물이 되어
하늘로 올라가려나 봐요

……

구름아, 안녕!
혹시 우리 엄마 만난 적 있니?

다시 온 겨울날
모두 다 잠든 깊은 밤
소리도 없이 내리는 함박눈으로 올 때

엄마 이야기 좀 들려줄 수 있겠니?

# 길

내가 지구에 왔을 때 제일 먼저 마중 나오고

배고프고 목마를 때 음식과 빗물을 차려 주고

심심할 때 놀이터로 작은 구멍도 만들어 주고

추운 겨울날에 볕이 잘 드는 양지도 내어 주고

힘겨운 하루가 끝났을 때 오늘 하루도 잘 버텼다
며 자장가도 불러 주고

다시 고양이 행성으로 떠나가던 날 배웅해 준

사람들이 안 해 준 일 대신 해 준 너!

# 교향곡처럼 함께 어우러지는 소리

남호섭 • 동시인

## 1악장 : 텃밭 읽는 할머니와 나비가 된 엄마

이대일은 2021년『창비어린이』신인문학상을 받으며 등단했다. 그때 그는 "계속해서 묵묵히 읽고, 쓰고, 생각하기를 무한 반복해야 할 것이고 (…) 동시 쓰기 자체가 보상이고 즐거움이고 행복입니다. 동시를 닮고 싶습니다."라는 수상 소감을 남겼다. 이후 3년 만에 첫 동시집을 묶는데, 「책」의 텃밭 농사짓는 할머니의 모습에서 이대일이 문득 읽힌다.

이른 새벽이면, 할머니는 늘 글자가 빼곡히 씌어 있는 텃밭을 펼치고는, 호미를 들고 탁탁탁 탁탁탁 소리 내며 한 장 한 장 읽습니다. 잡초를 뽑아내고, 해로운 벌레들 쫓아낼 약을 뿌리고, 퇴비와 비료를 주고, 곁가지를 따 주고, 물을 주며 어려운 문장들을 한 줄 한 줄 정성껏 읽어 나갑니다. 한 해 동안 계속 먹을 부추, 머위, 취나물은 크고 굵게 쓰인 글자들처럼 여러 번 읽습니다. 심지도 않은 방풍나물, 미나리, 토마토, 참외를 볼 때면 새로운 것들을 발견했다고 기뻐하기도 합니다. 작물들이 새순을 돋우며 쑥쑥 커 나가는 장면을 읽으며, 잔잔한 감동에 젖어, 그냥 미소만 짓던 할머니는 지우개 같은 흰 눈이 내릴 때에야 비로소 책 읽기를 멈춥니다. 새봄에는 또 어떤 글을 읽을까 기대하면서…… 마술 같은 책의 재미에 빠져 읽고 또 읽고 다시 읽었던 책을, 할머니를 꿈꾸게 하고 탐험을 떠나게 했던 그 책을, 이제는 엄마와 내가 물려받았습니다.

—「책」 전문

한 권의 책이 있다. 할머니가 평생 읽어 온 "마술 같은" 오래된 책이다. 아무리 여러 번 읽었어도 할머니는 끊임없이 이 책에서 새로운 기쁨과 감동을 선물받고, 이 책을 통해 꿈을 꾸고 미지의 세계를 탐험할 수도 있다. 실로 할머니에게 이 책은 경전(經典)과도 같고 비전(秘典)과도 같다. 더군다나 이 책에 쓰인 글자들은 부추, 머위, 취나물, 방풍나물, 미나리, 토마토, 참외로, 모두 우리 몸을 살리는 귀한 생명들이다. 화자인 어린이는 날마다 경전을 암송하듯 정성스레 텃밭을 가꾸는 할머니를 본다. 아니, 읽는다. 아마도 할머니의 죽음 앞에서 할머니의 삶을 천천히 돌아보고 자세히 들여다보면서 아이의 눈도 '보기'에서 '읽기'로 변환되며 깊어졌으리라.

엄마는
곧, 나비가 된대요

엄마는 스스로 실을 낼 수 없어
장례 지도사 아주머니 아저씨 두 분이
도와주고 있어요

아빠와 친척들과 함께
기도하며 지켜보고 있어요


고치 속으로 완전히 들어갔어요


한 밤, 두 밤, 세 밤…… 지나면


하느님이 주신 하늘하늘한 날개옷을 입고
아무도 깨어나지 않은 새벽에
살며시 하늘나라로 날아간대요


엄마, 잘 가
안녕
아빠는 내가 잘 지킬게…….

—「나비」 전문



「책」에서 할머니의 죽음을 겪었던 아이가 이 작품에서
는 엄마의 죽음을 맞이한다. 시인은 2연에서부터 4연까지, 장례 절차 중 하나인 염습하는 모습을 찬찬히 보여 준다. 산 자와 죽은 자의 마지막 작별 장면이 인상적이다. 4연 "고치 속으로 완전히 들어갔어요"를 중심에 두고 엄마가 나비가 되는 우화 과정이 구조적으로도 짜임새 있게 그려진다. 시종일관 고요히 절제되던 감정은 마지막 연의 "아빠는 내가 잘 지킬게……." 앞에서 요동친다. 화자의 감정선을 따라오던 독자는 뭉클하고 저릿한 감정을 함께 느낄 것이다.

등단작이기도 한 이 두 편에서 이대일이 가진 시인으로서의 자질은 충분히 증명되었다. 「책」에서 할머니의 텃밭 농사를 책 읽기에 비유한 것은 탁월한 바가 있다. 긴 내용을 끌고 가는 힘도 남달라 이야기꾼으로서의 자질도 엿볼수 있다. 「나비」에서는 슬픈 감정을 아름답게 승화시키는 능력이 돋보인다. 이대일은 자신의 감정을 어떻게 조절해야 감동을 전달할 수 있는지 알고 있는 타고난 감각의 소유자로서 독자 앞에 선다.

## 2악장 : 맛있는 지구에서 버스를 타고

옛날에는 우리 눈에 보이는 밤하늘의 은하수가 우주의 전부인 줄 알았지만, 이제는 우주에 이런 은하수가 셀 수 없을 만큼 많다는 것이 잘 알려져 있다. 그리고 대부분의 은하 중심에는 블랙홀이 있고, 인류가 최초로 촬영에 성공한 블랙홀을 거대 은하 'M87' 블랙홀이라 부른다.

지구는 그 어떤 별보다도 맛있어! 물론 넌 나랑 다를 수도 있겠지. 금성이나 화성을 더 좋아할 수도 있을 거야. 하지만 나는 별 중에 지구가 최고라고 생각해! 네가 있는 세상에서는 경험해 보지 못한 온갖 맛이 다 담겼거든.

오싹오싹 시린 맛을 느껴 보고 싶지 않니? 알래스카를 추천해. 카리브해 허리케인과 함께 맛보면 맛이 더 풍부해질 거야. (…) 참, 그리고 이집트 같은 사막 지역은 그냥 먹으면 퍽퍽하니까 에르타 알레 화산의 용암 호수에 적셔서 먹어 봐. 뜨거운 맛과 매운맛이 동시에 느껴져 퍽퍽함이 사라질 거야.

지구는 정말 하나도 버릴 데가 없지? 네가 있는 은하
에서는 어느 별이 최고니?

우리 은하 블랙홀 씀
—「M87 블랙홀에게」부분

우리가 살고 있는 태양계가 속한 은하계를 가리켜 '우리
은하'라고 부르는데, 어느 날 '우리 은하' 블랙홀이 5,500만
광년 떨어진 'M87' 블랙홀에게 편지를 보낸다. 그런데 내
용이 수상하다. 태양계쯤은 단숨에 삼켜 버릴 수 있는 거대
블랙홀에게 지구의 맛을 소개하다니. 모든 별이 수명을 다
하면 블랙홀의 먹이가 된다고는 하지만 벌써 우리 지구의
차례가 되었단 말인가. 어쨌든 지구의 지형과 지리적 특징
을 잘 살린 다양한 메뉴를 일별하고 나면 블랙홀은 정말 군
침을 흘릴지도 모른다. '우리 은하' 블랙홀의 입을 빌렸지
만, 결국 시인은 우리에게 이 말이 하고 싶었던 것이리라.
"지구는 정말 하나도 버릴 데가 없지?"

이른 봄, 공원에 텅 빈 단풍나무가 멈춰 서 있어요. 새

순들을 태우고 달리기 위해 나무를 살피고 손질하는 일
로 한창이에요. 새싹들이 하나둘씩 오르기 시작해요.
(…) 어느새, 한껏 멋을 낸 잎새들이 차례차례 내려요. 길
에는 나무를 배웅하는 잎들로 가득해요. 나무는 다시 새
싹들이 기다리는 겨울 정류장으로 돌아갈 거예요.

—「버스」 부분


　이대일의 동시는 스케일이 크고 선이 굵은 상상력을 보
여 준다. 자연히 다채로운 면모를 가진 그의 산문시들에 주
목하게 되는데, 산문시 「버스」가 보여 주는 세계는 자못 흥
미롭다. 단풍나무를 "이른 봄" 정류장에서 출발해 "늦가
을" 종점까지 달리는 "버스"로 상정하고 이야기를 풀어 나
간다. 첫 손님인 새순들을 태우고 달리는 동안 벌어지는 계
절의 변화와 손님의 면면, 불청객의 모습까지 생동감 있
는 묘사와 재미가 끝까지 유지된다. 긴 산문시이지만 지루
할 틈 없이 술술 잘 읽히고, 마지막에 이르면 "겨울 정류장
으로 돌아"가려는 나무의 모습을 보여 주며 자연의 순환을
예비한다.
　이대일의 시는 일상의 사소한 것과 집안이나 교실에 갇

히지 않고 우주로 뻗어 간다. 우주의 신비로운 존재인 블랙홀을 공부하게 하고 더불어 우리 지구의 소중함을 일깨운다. 자연을 노래할 때도 어느 한 계절에 머물지 않는다. "단풍나무"는 "버스"가 되어 봄, 여름, 가을, 겨울까지 사계절을 싣고 달려간다. 이대일 시인은 애써 가르치려 하지 않아도 이미 아이들에게 자연 생태계의 순환을 가르치는 교사가 된다.

## 3악장 : 범고래와 비글과 사향고양이

지구는 모든 생명체의 보금자리다. 보금자리는 누구에게나 편안하고 아늑해야 한다. 그리고 무엇보다 안전해야 한다.

오늘은 해상 동물원에서/범고래 씨를 만나/인터뷰를 했어요// ―어디에 사시나요?//저는 좁은 수조에서 살아요/여기서 일도 하고요/잠은 물탱크 속에서 자요// ―네? 수조에 사신다고요? 일을 하신다고요?
(…)

끝으로, 하시고 싶은 말씀이 있나요?//글쎄요/아 참!
어느 날 한 꼬마가 저를 보고는/"와! 범고래다." 하더라
고요//범고래?/그게 뭐죠?

—「범고래 씨 인터뷰」 부분

이 작품은 좁은 수조에 갇혀 인간을 위해 평생 공연을 하
면서 살아야 하는 범고래의 아픔을 다룬다. 인간은 잠깐의
재미를 위해 하루에 수백 킬로미터를 헤엄쳐 다닐 수 있는
그들의 자유를 빼앗았다. 새끼 때부터 갇혀 살기 때문에 대
부분 장애를 얻게 되고, 자신이 누구인지 알 도리가 없다.
그래서 도리어 인간에게 묻는다. "범고래?/그게 뭐죠?"

엄마 아빠도 없이
복제 개로 태어나서

오 년 동안은
공항에서 마약을 탐지하는 일을 하고

은퇴한 뒤에는

독성 약물을 몸에 맞는
실험용 개로 일을 했지

평생 일만 하고 살아
간식이 뭔지
산책이 뭔지
가족이 뭔지도 모르는
메이는

오늘도
주삿바늘을 제 몸에 꽂는
연구원들을 보고

헬리콥터처럼
꼬리를 흔들어

—「비글 메이」 전문

비글은 후각이 발달해 토끼 사냥을 많이 하던 견종으로
알려져 있다. 성격이 활달하고 붙임성도 좋다. 그래서 사람과 함께 많은 일을 해 왔는데, '메이'라는 이름을 가진 비글의 일생은 이렇다. 사람에 의해 "복제"되어 마약 탐지견으로 일하고, 덩치 작고 참을성 강하다며 실험실에서는 "독성 약물을 몸에 맞는" 일을 하고, 그래도 사람만 보면 반갑다고 꼬리를 "헬리콥터처럼" 흔들고 있다.

　　좁은 철창 속에 갇혀/매일매일/커피콩만 먹으며/곰곰이 생각해//빛도 들지 않는 동굴 속에서/백 일 동안이나 쑥과 마늘만 먹었다는/단군 신화 속의 그 곰을 말이야// '난 사람 같은 건 되고 싶지 않은데……'

──「사향고양이」 전문

커피 열매를 먹은 야생 사향고양이의 배설물에는 소화되지 않은 씨앗이 남았고 그것을 이용해 독특한 맛의 커피를 얻을 수 있었다. 그것은 누구에게도 해롭지 않은 야생의 신비스러운 일이었다. 그러나 인간의 욕심이 끼어들면서부터 사향고양이는 커피 기계로 전락한다. 비좁은 철창에 갇혀 색다른 커피 맛을 찾는 인간을 위해 사향고양이는 죽을 때까지 커피 열매만 먹어야 한다. 해상 동물원의 범고래와 실험실의 비글, 철창 속의 사향고양이 들은 인간을 위해 이용되고 결국 인간에 의해 버려지는 동물들이다. 하루빨리 사라져야 할 끔찍한 일들이지만 아직도 지구 곳곳에는 동물권을 침해하는 행태가 만연하다.

대체로 부드럽고 포용적이던 이대일의 시선은 인간에 의해 배신당하고 버려지는 동물을 향할 때면 확연히 달라진다. 어느 때는 현장을 탐사하는 기자처럼 목소리가 날카롭고, 어느 때는 다큐멘터리 영상의 카메라처럼 냉정하게 현장을 고발하고 있다. 동시집 전체에서 느껴지는 다양한 모습과 변화무쌍한 변신이 이대일 시의 큰 매력이다.


## 4악장 : 함께 어우러지는 소리

우유      달걀    딸기
설탕      버터    허브 잎사귀
생크림    설탕    박력분


저마다 서로 다른 맛을 내는 재료들이

모둠별로 자리를 잡았습니다

공연이 시작되자
엄마의 손끝을 따라

우유, 설탕, 생크림이 함께 어울리며
달콤한 맛을 내기 시작합니다

반죽의 양을 조절하는
정확하고 신중한 지휘에
빵의 고소한 향이 주방 가득 울려 퍼지고

기다리고 있던 딸기가
깜찍한 맛을 내는 연주를 시작하며
생크림 케이크와 하모니를 이룹니다

나는 딸기 생크림 케이크 교향곡을
한입에 쏙 넣고 감상합니다
　　　　　　　　　　　　　—「딸기 생크림 케이크 교향곡」 전문

'교향곡'이란 말에는 다양한 음들이 함께 소리를 만들어 낸다는 뜻이 담겨 있다. 이 작품은 "딸기 생크림 케이크"가 만들어지는 과정을 교향곡 연주 과정에 빗대고 있다. 엄마의 지휘 아래 "저마다 서로 다른" 소리(맛)를 내는 아홉 개의 악기(재료)들이 달콤하고 고소한 소리로 조화를 이루며 "딸기"는 독주로 정점을 찍고, 마지막으로 유일한 관객인 내가 "한입에 쏙" 맛보면서 교향곡이 완성된다.

 이대일의 『범고래 씨 인터뷰』는 모두 56마디, 4악장으로 이루어진 교향곡이라 볼 수 있다. 작곡자면서 지휘자이기도 한 이대일의 첫 번째 교향곡은 성공적으로 연주되었다. 죽음이라는 주제를 다루면서도 주저함 없이 과감했고, 우주로 날아간 상상력은 블랙홀 앞에서도 지구를 아름답게 연주하더니, 그 지구 안에서 함께 살아가는 생명들에게도 두루두루 눈길을 주었다. 부드럽고 포용적이기만 한 것이 아니라 인간의 욕심 때문에 고통받는 동물의 아픔 앞에서는 가장 날카로운 고발자가 되기도 했다. 저마다 다른 분위기와 높낮이를 가진 작품들이 서로 어울리며 소리를 만들어 내는 이대일의 교향곡이 아직 귀에 쟁쟁하다.

# 어린이와 어린이였던 분들께

서점에
혹은
도서관 책꽂이에
꽃씨처럼 심겨 있다가

햇살을 받고 활짝 피어나는 꽃처럼,

여러분의
눈빛을 받아

싹도 틔우고
꽃눈도 맺어

여러분 두 손 위에서
꽃처럼
활짝 피어날 수 있다면
참으로 기쁘겠습니다.

2025년의 어느 날
봄을 기다리며
이대일

# 범고래 씨 인터뷰

2025년 2월 7일 초판 1쇄 발행

| | |
|---|---|
| **지은이** | 이대일 |
| **그린이** | 다나 |
| | |
| **펴낸이** | 염종선 |
| **책임편집** | 김솔 |
| **디자인** | 반서윤 |
| **조판** | 박아경 |
| **펴낸곳** | (주)창비 |
| **등록** | 1986. 8. 5. 제85호 |
| **제조국** | 대한민국 |
| **주소** | 10881 경기도 파주시 회동길 184 |
| **전화** | 031-955-3333 |
| **팩스** | 031-955-3399(영업) 031-955-3400(편집) |
| **홈페이지** | www.changbi.com |
| **전자우편** | enfant@changbi.com |

ⓒ 이대일, 다나 2025
ISBN 978-89-364-4888-2 73810

*이 책 내용의 일부 또는 전부를 재사용하려면 반드시 저작권자와 창비 양측의 동의를 받아야 합니다.
*책값은 뒤표지에 표시되어 있습니다. *KC마크는 이 제품이 공통안전기준에 적합하였음을 의미합니다.
*사용 연령: 5세 이상 *종이에 베이거나 긁히지 않도록 주의하세요.